湖のふしぎな魚

小林 徳行
Tokkou Kobayashi

文芸社

本書を平澤功先生に捧ぐ

お日さまが、湖の遠くにしずんだころ、湖の近くの村のしゅう長が、息子とたき火を囲んで昼間のふしぎな魚の話をしていました。

そこは、湖のそばで、やわらかい若草がたくさんはえていました。しゅう長の息子は、うれしそうに目をいっぱいに開いてしゅう長に言いました。

「父さん、ぼくは今日七さいになりました」

「そうか、忘れていたなあ。わしもお前と同じ年には、大しゅう長とよく魚をとりに行ったものじゃ」

この村では、たくさんの魚をとって、たのしくくらしていたのでした。そして余った魚は、仲良くしている山の村の人たちにたくさん分けてあげていたのです。

郵便はがき

恐縮ですが
切手を貼っ
てお出しく
ださい

1 6 0 - 0 0 2 2

東京都新宿区
新宿1－10－1

(株) 文芸社

ご愛読者カード係行

書　名					
お買上 書店名	都道 府県　　市区 郡　　書店				
ふりがな お名前				大正 昭和 平成　年生　歳	
ふりがな ご住所	□□□-□□□□				性別 男・女
お電話 番　号	（書籍ご注文の際に必要です）	ご職業			

お買い求めの動機

1. 書店店頭で見て　2. 小社の目録を見て　3. 人にすすめられて
4. 新聞広告、雑誌記事、書評を見て（新聞、雑誌名　　　　　　　）

上の質問に1.と答えられた方の直接的な動機

1.タイトル　2.著者　3.目次　4.カバーデザイン　5.帯　6.その他（　　　）

ご購読新聞　　　　新聞	ご購読雑誌

文芸社の本をお買い求めいただき誠にありがとうございます。
この愛読者カードは今後の小社出版の企画およびイベント等の資料として役立たせていただきます。

本書についてのご意見、ご感想をお聞かせください。
① 内容について

② カバー、タイトルについて

今後、とりあげてほしいテーマを掲げてください。

最近読んでおもしろかった本と、その理由をお聞かせください。

ご自分の研究成果やお考えを出版してみたいというお気持ちはありますか。
ある　　ない　　内容・テーマ（　　　　　　　　　　）

「ある」場合、小社から出版のご案内を希望されますか。
する　　しない

ご協力ありがとうございました。

〈ブックサービスのご案内〉
小社書籍の直接販売を料金着払いの宅急便サービスにて承っております。ご購入希望がございましたら下の欄に書名と冊数をお書きの上ご返送ください。（送料１回210円）

ご注文書名	冊数	ご注文書名	冊数
	冊		冊
	冊		冊

山の村のしゅう長からは、近くの山々でとれるたくさんのぶどうから作ったぶどう酒を分けていただいていたのでした。

それなので、湖の村のしゅう長と山の村のしゅう長は仲良しだったのです。

でも、自分たちが食べて、保存しておく以上にとりすぎて余ってしまうたくさんの魚は、みんなすててしまうのでした。

しゅう長は息子に言いました。

「おまえも、今度わしと湖の魚をとりに行かないか」

「父さん、魚とりにつれて行ってくれるの。ぼく、とてもうれしい」

しゅう長の息子は、胸がわくわくしはじめました。でも、息子には心配なことが、ひとつありました。

湖の周りには、いっぱいきりが出てきました。たき火にてらされた二人の顔が、代わる代わる湖に映ったり、きえたりします。しゅう長の息子は、今日、友人から聞いた話をしたくて、しゅう長の顔をよく見ながら話しはじめました。

「父さん、今日、ぼくは友だちからとてもこわいふしぎな魚の話を聞いたよ」

「その話を聞かせておくれ」

しゅう長は、息子の話を聞こうと、すぐそばまで来ていました。

「父さん、よく聞いてください」

息子は、友だちから聞いた昼間の魚の話をはじめました。

昼間の明るい湖で、男の子たちや女の子たちがさわいでいました。

「たいへんだ」

「とても、たいへんなことだわ」

「いったい、どうしたんだ」

しゅう長の息子が、大きな声で聞きました。いつもは、湖の近くで遊んでいる女の子たちも、今は、静かに聞き入っています。

「湖に、こわいふしぎな魚が出たそうです」

「ふしぎな魚って、なんのことだい」

「それが……」

女の子たちはおそろしすぎて、話ができなくて困っています。そこへ、村人が、息を切らせてやってきました。

「また、今日も、湖に魚をとりにいった若者が帰ってこない」

しゅう長の息子は、おどろいて、あわてて聞きました。

「どうしたのですか」

「湖に、ふしぎな魚が出るのです。それで、わしらは魚をとりに行けないので困っているのです。今までにとって、保存しておいた魚も、残りが少なくなりました。そこで、若者たちが魚をとりに行ったのですが、その若者たちが帰ってこないのです」

「困ったわ、どうしたらいいの」

女の子たちは心配で、胸がいっぱいです。男の子たちが、明日、船に乗ってふしぎな魚を退治に出かけると言って、わいわいさわぎだしました。

そのとき村人が言いました。

「まってくれ」

「ふしぎな魚のことはわしらにまかせてくれ」

「それにしゅう長に相談しなければ……」

そこへ、若者たちがハアハアと息を切らせて、船に乗って湖からやっと帰ってきました。

「大きな魚なんだ！

とても大きな魚なんだ！」

「赤い体をした、とても大きな魚なんだ！」

女の子たちが、おどろいて聞きました。

「どのくらいの大きさのですか」

「それが、まるでクジラの化け物のような大きさなんだ」

「歯がサメのようにするどくて、口はとても大きく、船も飲み込まれそうになったんだ」

「ぼくらは、湖の島にやっと逃げ込んだんだ。すると、そこには、ぼくらより先に逃げ込んでいた若者たちがいて、しばらくようすをみてから、みんなといっしょに逃げてきたんだ」

「持っていたヤリはどうしたの」

しゅう長の息子がこわごわ聞きました。

「食べられてしまったんだ」

「そんなにすごいのですか」

女の子たちは、こわさに足がふるえています。若者たちも、

「ぼくらは、たいていのものはこわいと思わないが、あの、まるで化け物のような魚には、とてもかなわない」

みんな困りはててしまいました。女の子たちは泣いています。すると、だれかが、

「しゅう長に話そう」

と言いだしました。

「そうだ、しゅう長に話をして、みんなで退治しよう！」

と村のみんなは、大きな声でさけぶのでした。

息子から、昼間のこわいふしぎな魚の話を聞いたしゅう長は、夜のたき火を囲んで、ずっと息子のひとみをみつめています。

「そのことは、わしも前から知っていた。もう、大分前に、わしもふしぎな魚と何度もたたかったことがある」

「父さん、こわくなかったの」

息子が聞きました。

「それはこわくてこわくて、わしも足がブルブルふるえたものだ。このきずを見てごらん」

しゅう長は、胸にある大きなきずあとを見せました。息子は、

「そんなにすごいきずをつけられてしまったら、ぼくらは、湖のふしぎな魚と、とてもたたかえない」

話をしているうちにきりがはれて、お月さまにてらされて湖のあたりは明るくなりました。

しゅう長に呼ばれて、村人が全員湖の近くの広場に集まりました。しゅう長は、みんなに力をこめて話しはじめました。

「今日、わしは決めた。どうしても、あのふしぎな魚を退治しなければならない。そうしないと、わたしたちの村はほろびてしまう」

「しゅう長！　もう一度行かせてください」

若者たちは、手を力いっぱいにぎりしめてさけびました。

「ぼくらも行きます！」

「わしらも行きます！」

ついに、村人みんなでしゅう長を先頭に、ふしぎな魚を退治に行くことになりました。

女の人たちは広場に残って、心配で心配で、目になみだをいっぱいためていました。

翌日、しゅう長を先頭に村人たちは、小さな船をいくつもいくつもこいで、やっと、湖の真ん中にやってきました。湖の水がお日さまに光り、どこまでも青く、底までも透き通って見えました。

若者たちはとつぜん船を止めてさけびました。

「ふしぎな魚があばれはじめたのはこのあたりです」

村人たちはこわくて、みんな今にもたおれそうになっています。

「あっ、あれはなんだ！」

一人の男の子がさけびました。

キラキラとお日さまにかがやく湖の水面に、とつぜん岩のような大きな魚があらわれました。

「ガオ！　ガオ！　ガオ！　みんな食べてしまうぞ！」

ふしぎな魚があらわれました。村人たちは、ブルブルと足をふるわせながらも、

「このヤリをうけてみろ！」

と大きな声でさけびながら、ふしぎな魚をめがけてむかって行きます。ふしぎな魚は血だらけになりながら、何度もしずんだり、あばれたりしながら村人たちとたたかいはじめました。

周りはふしぎな魚の血で、すっかり赤く染まりました。それでも、しゅう長を先頭に、村人たちはどんどんヤリをさしていきます。しゅう長の息子も勇気を出してヤリを力いっぱい投げました。他の男の子たちも、手足をふるわせながらも一生けんめいヤリを投げてたたかっています。

すると、急にふしぎな魚が大きくジャンプしました。そして、あまりの村人たちのこうげきのはげしさにまけて力つき、

「ガオ！　ガオ！　ガオ！　ガオ！」

と湖いっぱいに大きなうめき声をひびかせながら、湖の底にしずんでしまいました。

村人や若者たち、しゅう長の息子、男の子たち、それにしゅう長

も血だらけになりながら、ゆっくり、ゆっくりと小さな船をこいで、やっと湖のほとりに帰ってきました。

女の人や女の子たちは、村人や若者たち、それにいちばんきずが深いしゅう長のために手当てをしはじめました。さすがのしゅう長も、あまりの痛さに声が出せませんでした。しゅう長の息子も痛がっています。

それからしばらく日がすぎて、ようやくみんなは元気になりました。

「これで、また静かな村になるわ」

女の人たちもひと安心です。

あたりも静まり、村人たちは、いつものように魚をとってたのしく暮らしはじめました。でも、あのふしぎな魚がいつまたあばれ出すかもしれないという心配がありました。そんなある日、

「しゅう長はどこにいますか」

山の村のひとりの大きな男の子が、遊んでいる女の子たちに聞きました。

「しゅう長は、村の真ん中の小屋でひるねをしています」

と、女の子たちは男の子の大きさにおどろきながらも答えました。

山の村の男の子の顔色は青く、あわてていました。

「しゅう長に急いで知らせたいことがあります」

その男の子は、走りながらしゅう長のいる小屋に行きました。

ひるねをしていたしゅう長は起き上がって、男の子の話を聞くことにしました。

「しゅう長、湖の遠くの山の村に、ふしぎなおじいさんがたずねてきたそうです」

するとしゅう長は静かに、

「その話はわしも聞いていた。そして、よく考えてみた。もしかして、そのおじいさんは、わしたちの村の大しゅう長かもしれん」

と言いました。

「山の村のしゅう長が、しゅう長に会いに行くから知らせるように、と言われてきました」

「では、村人全員に、広場に集まってもらうことにしよう」

しゅう長は、息子を呼んでこのことを村人全員に伝えるように言いました。

村のみんなは、なんのことだろうかと、ひそひそ話をしながら広場に集まってきました。

しゅう長は、みんなの前で落ち着いた声で話しはじめました。

「みんなも知っていると思うが、山の村にふしぎなおじいさんがたずねてきたそうじゃ。白くて長いひげをはやしているそうじゃ。わ

しが思うには、そのおじいさんは、三十年前にとつぜんすがたを消した大しゅう長ではないだろうか」

「その大しゅう長って、ぼくのおじいさんなの!?」

しゅう長の息子は、うれしくて、うれしくてさけんでしまいました。

「そうだ」

「大しゅう長はどうしていなくなったの?」

「それが、あまりにもとつぜんのことで、わしたちは少しも気づかずにいたのだ……」

みんなが話しているところへ、山の村のしゅう長と、白く長いひげをはやしたおじいさんが、ゆっくり、ゆっくり歩いてきました。

「ああっ！　大しゅう長だ！」

しゅう長は大きな声でさけび、うれしさのあまり、泣き出してしまいました。

「大しゅう長ですって？」

みんなはおどろきすぎて腰をぬかしそうになりました。

「いかにも、わしは大しゅう長だ」

「お父さん、いままでどこにいらしたのですか？　みんなずいぶん心配したのですよ」

しゅう長は、大しゅう長のそばにかけより、久しぶりに会ったうれしさで、二人とも大きな声を出して男泣きに泣いています。

「わしも、一日も早く村に帰りたかった。しかしなあ……、じつはわしは、あのふしぎな魚にすがたを変えられていたのじゃ」

「どうして、そんなことになったのですか」

と、しゅう長が聞きました。すると大しゅう長は、

「それはな、みなの者、よく聞いてくれ。わしたちは湖の魚をあまりにもとりすぎたのじゃ。だから、湖の神様の《ばち》があたって、わしだけあのふしぎな魚に変えられてしまったのじゃ。しかし見るがいい。湖を守るために、みんなが団結してゆうかんにたたかってくれた。そのことを湖の神様が見ていてくださり、わしを元の人間のすがたによみがえらせてくれた。そうして、みんなとまた会えることになったのじゃ」

「いや、わしも湖のふしぎな魚が、湖の神様によってすがたを変え

られた大しゅう長だとは考えてもみなかった」

山の村のしゅう長も、目に涙をいっぱいためて、しばらく天をあおいで、とっても、とってもうれしそうに言いました。

湖の村のしゅう長は、目にいっぱい涙をたたえながらいいました。

「とにかく、わしはうれしい。大しゅう長が生きていたのだ。今日の夜は村中の食べ物を集めて、山の村のしゅう長からいただいた、おいしいぶどう酒を飲みながらお祝いをしよう」

山の村のしゅう長と湖の村のしゅう長はだきあってよろこびあいました。

山の村のしゅう長は、湖の村の者全員に、

「おめでとう。わしもこの日を何十年待ったことか」

と言って、男泣きに泣いています。湖の村人たち全員がシーンとなりました。

そのうち、みんなの中から、「今日は、大しゅう長のためにたのしくおどろう」という声があがりました。その声を合図にみんなは陽気におどりはじめました。

湖の村の大しゅう長、しゅう長、山の村のしゅう長の三人は、たのしそうにぶどう酒を飲みながら、昔話に花を咲かせています。

男の子も、女の子も、若者たち、村人たちも大きなたき火の周りを回って、うれしそうに大きな声を出しながら、腰や手足がよろめきながらもおどっています。

そのうち、たくさんぶどう酒を飲み、ごちそうをおなかいっぱい食べた村人たちは、よいつぶれて広場でねむりこんでしまう者もありました。

朝日がかがやくころには、大しゅう長、しゅう長、村人たちはよいがすっかりさめました。

湖のふしぎな魚の正体がわかり、大しゅう長もぶじに帰ってきました。

それからは、湖の村では、山の村に送る魚と自分たちが食べる魚しかとらなくなり、いつまでもたのしく暮らしました。そして、湖の神様のために、一年に一度、《おいのり》をささげるのだそうです。

本文イラスト・青木宣人

著者プロフィール
小林 徳行（こばやし とっこう）
昭和27年3月、長野県生まれ。
青山学院大学卒業後、神奈川県で小学校教諭、静岡県、長野県で小学校の講師を経て、現在農業。

湖のふしぎな魚

2004年3月15日　初版第1刷発行

著　者　小林 徳行
発行者　瓜谷 綱延
発行所　株式会社文芸社
〒160-0022　東京都新宿区新宿1－10－1
電話　03-5369-3060（編集）
03-5369-2299（販売）

印刷所　株式会社平河工業社

ISBN4-8355-6999-7 C8093